**Storïau gan Mary Rayner
o Wasg y Dref Wen**

Wil Drwg
Mrs Mochyn yn Colli'i Thymer
Perfformiad Anhygoel Gari Mochyn
Mrs Mochyn a'r Sôs Coch

© hawlfraint 1996 y cyhoeddiad Cymraeg Gwasg y Dref Wen
Cyhoeddwyd gyntaf yn Saesneg 1996 gan
Macmillan Children's Books, 25 Eccleston Place, Llundain,
o dan y teitl *Wicked William*.
Cyhoeddwyd yn Gymraeg 1996 gan Wasg y Dref Wen,
28 Ffordd yr Eglwys, Yr Eglwys Newydd, Caerdydd CF4 2EA
Ffôn 01222 617860.

Argraffwyd yn Hong Kong.

13976613

WIL DRWG

Stori a lluniau gan

Mary Rayner

Trosiad gan Roger Boore

DREF WEN

O'r deg mochyn bach yn nheulu Mr a Mrs Mochyn, Wil oedd yr un mwyaf drygionus. Pan oedd yn fach, ef oedd y cyntaf i ddysgu sut i ddringo allan o'i got. Ac yn nes ymlaen, pan fydden nhw'n chwarae, Wil bob amser oedd am esgus bod yr un drwg.

   Os oedd Alun a Twm yn blismyn, Wil fyddai'r lleidr. A phetasen nhw i gyd yn eistedd yn y pren afalau yn chwarae llong…

…Wil fyddai'n dringo i'r gangen uchaf un, a chlymu baner y benglog-ac-esgyrn wrthi, a dweud mai môr-leidr oedd e.

Ambell fore byddai Wil yn mynd i lawr i gael ei frecwast cyn i Mrs Mochyn orffen gwisgo'r ddau fochyn lleiaf. Yna, pan ddeuai hithau i lawr, byddai hi'n cael bod yr hufen wedi diflannu o'r saith potel laeth, a bod Wil ar ei drydedd bowlaid o greision ŷd.

Roedd Wil wrth ei fodd yn cael hwyl am ben ei ddau frawd bach, Gari a Ben. Unwaith, pan oedd yr holl foch bach yn ddiogel yn eu gwelyau am y nos, arhosodd Wil nes bod Gari wedi cau ei lygaid, a dim ond ei sŵn yn sugno'i flanced yn dangos nad oedd yn llwyr gysgu eto. Yna pwysodd dros erchwyn y gwely a dweud yn sionc, "Amser codi, Gari bach. Mae'n fore!"

A disgynnodd Gari o'r gwely a hercian i lawr at ei fam a'i dad, gan ddweud, "Nage'r bore yw e, nage? Wedodd Wil mai'r bore yw e."

"O'r cythraul bach!" Allai Mrs Mochyn ddim llai na chwerthin wrth iddi gario Gari'n ôl i'r gwely.

Un bore roedd Wil yn teimlo'n arbennig o fywiog. Roedd e wedi bod gartre o'r ysgol yn sâl, ond bellach roedd yn holliach eto. Clymodd hances am ei drwyn, ac esgus bod yn lleidr.

"Gawn ni chwarae hefyd?" gofynnodd Ben a Gari.

"O, o'r gorau," meddai Wil.

"Aros i fi," meddai Gari, a rhedodd i ffwrdd i'r stafell molchi.

"Ti isio help?" holodd Wil.

"Na. Dw i'n iawn ar ben fy hun," atebodd Gari.

Yn y cyfamser aeth Wil ati i bentyrru darnau o bapur ar y gwely uchaf. "Dyma'r arian bydda i'n eu dwyn," meddai wrth Ben. "Y gwelyau 'ma fydd y tŷ. Fe wna i ddringo i mewn a dy glymu di a Gari, a'ch gadael chi yn y llofft ucha wrth imi ddianc. Mi fyddwch chi yno trwy'r dydd cyn i neb eich achub chi."

Tybed ai syniad da oedd ymuno yn y chwarae hwn? Roedd Ben yn dal i betruso pan ddaeth sŵn gwichian gwyllt o'r stafell molchi.

Rhedodd Wil a Ben i weld beth oedd yn bod.

Gari oedd yn llefain ac yn curo ar y drws. "Fedra i ddim dod allan. Wnaiff y drws ddim agor. Mae ar glo."

Daeth Mrs Mochyn ar frys o'r gegin, gan sychu ei dwylo ar liain. "Nawr be wyt ti wedi wneud iddo?" brathodd wrth Wil.

"Dim byd!" meddai Wil yn grac. "Fe sy wedi'i gloi ei hun i mewn."

"Paid poeni, Gari bach," galwodd Mrs Mochyn. "Mi fyddi di allan chwap."

Peidiodd y gwichian. Ond roedd 'na sŵn tap yn rhedeg.

"Tro'r tap bant," gwaeddodd Mrs Mochyn trwy dwll y clo.

"Fedra i ddim. Mae'n sownd!" Dechreuodd Gari lefain eto.

Golwg bryderus oedd ar Mrs Mochyn. "Sut yn y byd 'dan ni am ei gael e allan?" sibrydodd. "Dim ond un ffenest fach sy 'na, a bydd dŵr dros bobman cyn hir."

"Mi alla i drio dringo i mewn trwy'r ffenest," meddai Wil. "Dw i'n siŵr y gallwn i. Dw i ddim yn rhy fawr."

"O diolch, Wil. Rho di gynnig arni," meddai Mrs Mochyn, a rhedodd pawb i gefn y tŷ.

Yn ofalus iawn, aeth Wil ati i ddringo'r biben law. Roedd dŵr eisoes yn gorlifo o'r basn molchi ac yn tywallt ar y llwybr islaw. Roedd wyneb Gari i'w weld yn y ffenest fach, a golwg ofnus arno.

"Mae'n iawn," gwaeddodd Wil. "Dw i'n dod."

Gydag ymdrech fawr daeth at ble roedd ail biben yn cwrdd â'r biben gyntaf. Roedd hon yn mynd i'r ochr tua'r stafell molchi. Fesul modfedd, gwnaeth Wil ei ffordd ar hyd-ddi. Rhoi ei dwylo dros ei llygaid wnaeth Mrs Mochyn.

"Mae'n siŵr o gwympo," meddyliodd hi.

Ond nawr roedd yr holl droeon y bu Wil yn chwarae lladron yn talu. Cyn hir roedd e wedi cyrraedd y ffenest fach.

"Allan o'r ffordd, Gari," meddai. Tynnodd ei hun i fyny ar sil y ffenest.

Gwyliodd y ddau y tu allan ef yn diflannu i'r stafell molchi. Cyn pen dim roedd y dŵr wedi peidio â llifo, a'r drws ar agor, a Gari'n rhydd.

"Mi wnest ti ddringo'n union fel lleidr go-iawn," meddai Gari, yn llawn edmygedd.

Gwenodd Wil y tu cefn i'w hances.

"Mae'n wir ddrwg gen i, Wil," meddai Mrs Mochyn, pan ddaeth hi â'r bwced a'r mop i sychu'r llawr. "Rown i'n meddwl dy fod ti'n cael hwyl am ei ben e 'to."

"Pan fydda i wedi tyfu," meddai Gari, "dw i am fod yn lleidr."

Dyma rai llyfrau lliwgar clawr meddal o'r

DREF WEN

ichi eu mwynhau . . .

Storïau

Y Ci Bach Newydd
  Laurence a Catherine Anholt
Un Nos o Rew ac Eira *Nick Butterworth*
Y Lindysyn Llwglyd Iawn *Eric Carle*
Mr Arth a'r Picnic *Debi Gliori*
Arth Hen *Jane Hissey*
Eira Mawr *Jane Hissey*
Pen-blwydd Ianto *Mick Inkpen*
Y Ci Mwya Ufudd yn y Byd *Anita Jeram*
Y Wrach Hapus
  Dick King-Smith/Frank Rodgers
Eira Cyntaf *Kim Lewis*
Afanc Bach a'r Adlais
  Amy MacDonald/Sarah Fox-Davies
Ffred a'r Diwrnod Wyneb-i-waered
  Tony Maddox
Bore Da, Broch Bach *Ron Maris*
Twm Chwe Chinio *Inga Moore*
Beth Nesaf? *Jill Murphy*
Pum Munud o Lonydd *Jill Murphy*
Heddlu Cwm Cadno *Graham Oakley*

Mrs Mochyn a'r Sôs Coch *Mary Rayner*
Perfformiad Anhygoel Gari Mochyn
  Mary Rayner
Arth Bach Drwg *John Richardson*
Cwningen Fach Ffw
  Michael Rosen/Arthur Robins
Wil y Smyglwr *John Ryan*
O, Eliffant! *Nicola Smee*
Wyddost ti beth wnaeth Taid?
  Brian Smith/Rachel Pank
Methu cysgu wyt ti, Arth Bach?
  Martin Waddell/Barbara Firth

Cyfres Fferm Tŷ-gwyn *gan Jill Dow*
Swper i Sali
Cywion Rebeca
Dyfrig yn Mynd am Dro
Geifr Bach Drwg

Cyfres Perth y Mieri *gan Jill Barklem*
Stori am y Gaeaf
Stori am yr Haf

Gwasg y Dref Wen, 28 Ffordd yr Eglwys, Yr Eglwys Newydd, Caerdydd CF4 2EA Ffôn 01222 617860